海上絲綢之路基本文獻叢書

# 願學堂集（下）

〔清〕周燦 撰

文物出版社

圖書在版編目（CIP）數據

顧學堂集．下／（清）周燦撰．-- 北京：文物出版社，2022.6
（海上絲綢之路基本文獻叢書）
ISBN 978-7-5010-7532-4

Ⅰ．①顧… Ⅱ．①周… Ⅲ．①中國文學－古典文學－作品綜合集－清代 Ⅳ．① I214.92

中國版本圖書館 CIP 數據核字（2022）第 065600 號

海上絲綢之路基本文獻叢書
顧學堂集（下）

著　　者：〔清〕周燦
策　　划：盛世博閱（北京）文化有限責任公司

封面設計：鞏榮彪
責任編輯：劉永海
責任印製：張道奇

出版發行：文物出版社
社　　址：北京市東城區東直門内北小街 2 號樓
郵　　編：100007
網　　址：http://www.wenwu.com
郵　　箱：web@wenwu.com
經　　銷：新華書店
印　　刷：北京旺都印務有限公司
開　　本：787mm×1092mm　1/16
印　　張：11
版　　次：2022 年 6 月第 1 版
印　　次：2022 年 6 月第 1 次印刷
書　　號：ISBN 978-7-5010-7532-4
定　　價：90.00 圓

# 總緒

海上絲綢之路，一般意義上是指從秦漢至鴉片戰争前中國與世界進行政治、經濟、文化交流的海上通道，主要分爲經由黄海、東海的海路最終抵達日本列島及朝鮮半島的東海航綫和以徐聞、合浦、廣州、泉州爲起點通往東南亞及印度洋地區的南海航綫。

在中國古代文獻中，最早、最詳細記載『海上絲綢之路』航綫的是東漢班固的《漢書·地理志》，詳細記載了西漢黄門譯長率領應募者入海『齎黄金雜繒而往』之事，書中所出現的地理記載與東南亞地區相關，并與實際的地理狀况基本相符。

東漢後，中國進入魏晋南北朝長達三百多年的分裂割據時期，絲路上的交往也走向低谷。這一時期的絲路交往，以法顯的西行最爲著名。法顯作爲從陸路西行到印度，再由海路回國的第一人，根據親身經歷所寫的《佛國記》（又稱《法顯傳》）一書，詳細介紹了古代中亞和印度、巴基斯坦、斯里蘭卡等地的歷史及風土人情，是瞭解和研究海陸絲綢之路的珍貴歷史資料。

隨着隋唐的統一，中國經濟重心的南移，中國與西方交通以海路爲主，海上絲綢之路進入大發展時期。廣州成爲唐朝最大的海外貿易中心，朝廷設立市舶司，專門管理海外貿易。唐代著名的地理學家賈耽（七三〇～八〇五年）的《皇華四達記》記載了從廣州通往阿拉伯地區的海上交通『廣州通夷道』，詳述了從廣州港出發，經越南、馬來半島、蘇門答臘半島至印度、錫蘭，直至波斯灣沿岸各國的航綫及沿途地區的方位、名稱、島礁、山川、民俗等。譯經大師義净西行求法，將沿途見聞寫成著作《大唐西域求法高僧傳》，詳細記載了海上絲綢之路的發展變化，是我們瞭解絲綢之路不可多得的第一手資料。

宋代的造船技術和航海技術顯著提高，指南針廣泛應用於航海，中國商船的遠航能力大大提升。北宋徐兢的《宣和奉使高麗圖經》詳細記述了船舶製造、海洋地理和往來航綫，是研究宋代海外交通史、中朝友好關係史、中朝經濟文化交流史的重要文獻。南宋趙汝適《諸蕃志》記載，南海有五十三個國家和地區與南宋通商貿易，形成了通往日本、高麗、東南亞、印度、波斯、阿拉伯等地的『海上絲綢之路』。宋代爲了加强商貿往來，於北宋神宗元豐三年（一〇八〇年）頒佈了中國歷史上第一部海洋貿易管理條例《廣州市舶條法》，并稱爲宋代貿易管理的制度範本。

元朝在經濟上採用重商主義政策，鼓勵海外貿易，中國與歐洲的聯繫與交往非常頻繁，其中馬可•波羅、伊本•白圖泰等歐洲旅行家來到中國，留下了大量的旅行記，記録元代海上絲綢之路的盛况。元代的汪大淵兩次出海，撰寫出《島夷志略》一書，記録了二百多個國名和地名，其中不少首次見於中國著録，涉及的地理範圍東至菲律賓群島，西至非洲。這些都反映了元朝時中西經濟文化交流的豐富内容。

明、清政府先後多次實施海禁政策，海上絲綢之路的貿易逐漸衰落。但是從明永樂三年至明宣德八年的二十八年裏，鄭和率船隊七下西洋，先後到達的國家多達三十多個，在進行經貿交流的同時，也極大地促進了中外文化的交流，這些都詳見於《西洋蕃國志》《星槎勝覽》《瀛涯勝覽》等典籍中。

關於海上絲綢之路的文獻記述，除上述官員、學者、求法或傳教高僧以及旅行者的著作外，自《漢書》之後，歷代正史大都列有《地理志》《四夷傳》《西域傳》《外國傳》《蠻夷傳》《屬國傳》等篇章，加上唐宋以來衆多的典制類文獻、地方史志文獻，集中反映了歷代王朝對於周邊部族、政權以及西方世界的認識，都是關於海上絲綢之路的原始史料性文獻。

海上絲綢之路概念的形成，經歷了一個演變的過程。十九世紀七十年代德國地理學家費迪南・馮・李希霍芬（Ferdinad Von Richthofen，一八三三～一九〇五），在其《中國：親身旅行和研究成果》第三卷中首次把輸出中國絲綢的東西陸路稱爲『絲綢之路』。有『歐洲漢學泰斗』之稱的法國漢學家沙畹（Édouard Chavannes，一八六五～一九一八），在其一九〇三年著作的《西突厥史料》中提出『絲路有海陸兩道』，蘊涵了海上絲綢之路最初提法。迄今發現最早正式提出『海上絲綢之路』一詞的是日本考古學家三杉隆敏，他在一九六七年出版《中國瓷器之旅：探索海上的絲綢之路》中首次使用『海上絲綢之路』一詞；一九七九年三杉隆敏又出版了《海上絲綢之路》一書，其立意和出發點局限在東西方之間的陶瓷貿易與交流史。

二十世紀八十年代以來，在海外交通史研究中，『海上絲綢之路』一詞逐漸成爲中外學術界廣泛接受的概念。根據姚楠等人研究，饒宗頤先生是華人中最早提出『海上絲綢之路』的人，他的《海道之絲路與昆侖舶》正式提出『海上絲路』的稱謂。選堂先生評價海上絲綢之路是外交、貿易和文化交流作用的通道。此後，大陸學者馮蔚然在一九七八年編寫的《航運史話》中，使用『海上絲綢之路』一詞，這是迄今學界查到的中國大陸最早使用『海上絲綢之路』的人，更多地限於航海活動領域的考察。一九八〇年北京大學陳炎教授提出『海上絲綢之路』研究，并於一九八一年發表《略論海上絲綢之路》一文。他對海上絲綢之路的理解超越以往，且帶有濃厚的愛國主義思想。陳炎教授之後，從事研究海上絲綢之路的學者越來越多，尤其沿海港口城市向聯合國申請海上絲綢之路非物質文化遺産活動，將海上絲綢之路研究推向新高潮。另外，國家把建設『絲綢之路經濟帶』和『二十一世紀海上絲綢之路』作爲對外發展方針，將這一學術課題提升爲國家願景的高度，使海上絲綢之路形成超越學術進入政經層面的熱潮。

與海上絲綢之路學的萬千氣象相對應，海上絲綢之路文獻的整理工作仍顯滯後，遠遠跟不上突飛猛進的研究進展。二〇一八年厦門大學、中山大學等單位聯合發起『海上絲綢之路文獻集成』專案，尚在醖釀當中。我們不揣淺陋，深入調查，廣泛搜集，將有關海上絲綢之路的原始史料文獻和研究文獻，分爲風俗物産、雜史筆記、海防海事、典章檔案等六個類别，彙編成《海上絲綢之路歷史文化叢書》，於二〇二〇年影印出版。此輯面市以來，深受各大圖書館及相關研究者好評。爲讓更多的讀者親近古籍文獻，我們遴選出前編中的菁華，彙編成《海上絲綢之路基本文獻叢書》，以單行本影印出版，以饗讀者，以期爲讀者展現出一幅幅中外經濟文化交流的精美畫卷，爲海上絲綢之路的研究提供歷史借鑒，爲『二十一世紀海上絲綢之路』倡議構想的實踐做好歷史的詮釋和注脚，從而達到『以史爲鑒』『古爲今用』的目的。

# 凡例

一、本編注重史料的珍稀性，從《海上絲綢之路歷史文化叢書》中遴選出菁華，擬出版百册單行本。

二、本編所選之文獻，其編纂的年代下限至一九四九年。

三、本編排序無嚴格定式，所選之文獻篇幅以二百餘頁爲宜，以便讀者閱讀使用。

四、本編所選文獻，每種前皆注明版本、著者。

五、本編文獻皆爲影印，原始文本掃描之後經過修復處理，仍存原式，少數文獻由於原始底本欠佳，略有模糊之處，不影響閱讀使用。

六、本編原始底本非一時一地之出版物，原書裝幀、開本多有不同，本書彙編之後，統一爲十六開右翻本。

# 目録

願學堂集（下）　卷十五至卷二十　〔清〕周燦 撰　清康熙刻本……………………一

# 願學堂集（下）

# 願學堂集（下）

卷十五至卷二十

〔清〕周燦　撰

清康熙刻本

# 願學堂文集卷之十五

臨潼周　燦星公著

## 墓誌銘二

### 先慈常太孺人墓誌銘 己未

余母　贈太孺人常氏生余七歲而亾藁葬邑東郭外三十餘年纔封未就盖有待也客秋九月家大人棄世嫡母王太孺人早亾前已葬于祖塋今春三月二日啓壙之初欲併移母柩合窆焉乃相度方域逼于列塚實無尺地可容諸形家者皆言舊地甚佳但

葬稍下耳莫若仍其地而遷其穴爲盡善也余謂祔葬既艱輕動非宜猶豫者久之會余妻房孺人既喪意欲葬之毋塚之傍即爲余異日首丘之地庶余毋九原之下既不能從夫尚能從子余雖不能侍父猶能侍毋揆之幽情或少慊焉而又以塚前廹隘爲嫌形家者曰舊穴上移地勢軒敞祔葬新穴此兼善之道也余不獲已擇于今秋七月十一日葬余妻房孺人先移余毋泉室爲萬年之安宅焉因憶余毋之亾也余僅能想像音容其素履遺行有不能追識者記

四歲時父賜之李余多取一枚母正色拒之仍令還之盂中五歲時偶至大父中議公前索果大父素器余出珍果八種手爲封題命侍童送至母前母拜而受之侍童既去因責余曰汝安敢向大父妄求耶撻之流血嗚呼以一李之微不欲多取況重于李者乎以大父之親不欲妄求況非大父者乎推此志也非其義也非其道也一介不以取人萬鍾不以我加也古聖人廉頑立儒之風無異道也又憶母屬纊時以余齒弱性愚呼至牀前持右腕嚙之有痕今余年逾

四十雖黙承母蔭仰荷 國恩叨列侍從之班寡過未能中懷有愧至大官之養母未得一日享焉象服之榮母未得一日受焉欲報深恩昊天罔極此尤余通天之罪百身莫贖者也母父強山公母仇氏伯父河南巡撫中丞諱道立者也蓋池陽巨族云兄文學德符公數十年來依余朝夕令權厝母塋之次母生於萬曆巳未年二月初七日辰時卒於崇禎壬午年四月十二日巳時享年二十有四余官庶常時恭遇皇上登極覃恩得贈太孺人焉子一即燦丁酉舉人

巳亥進士翰林院庶吉士歷陞禮部祠祭清吏司郎中娶房氏邑文學房公中式女封孺人孫男一塤業儒孫女一尚幼嗚呼余遷母之葬也兾求名公卿一言爲重壤光以記憶未詳採輯無據過爲褒飾非余母志也乃不辭謭陋謹誌其大畧而系之以銘銘曰

恍然若邇兮母之儀兮邈不可追兮母行之宜兮其可思兮其不可思兮子心之悲兮驪山之下兮渭水之湄兾侍乎慈顏兮千秋于茲

孫豹人曰文勢生動遒緊劬勞罔極之思復溢於

楮墨之外

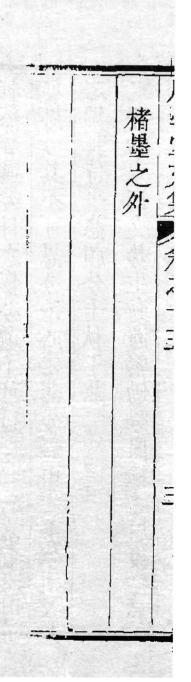

## 亡妻房孺人墓誌銘 己未

余妻房孺人者，邑文學淑儀先生女也。先生有隱德行誼，稱於鄉里，娶於陳，生孺人。三歲，是爲甲申，皇清定鼎元年也。余家遭流寇之變，家大人避亂山阿，聞先生名，因往依焉，館之別墅，飲食饋遺，意甚渥也。余方垂髫，先生撫余頂曰：此大受器也。以孺人字之。越九年癸巳，始歸於余。先慈早喪，祖母任恭人愛育余，因及孺人。時余已補邑弟子員。乙未，侍家大人于宿遷令署，讀書樓上，每夜分，孺人以果餌餉余，弗

背先就寢也曾祖母卒于宿丙申西歸丁酉巳亥連
叨甲第蒙
先帝簡援濫厠玉堂之末庚子迎孺人侍家大人暨
劉繼母于京邸孺人待人接物抑抑自下無異余爲
諸生時也甲辰衡文獄起就逮刑曹八閱月始得歸
里孺人勸余以義命自安然念及無端被誣不覺有
戚戚于中者辛亥荷
皇上賜環起補先祿時劉繼母已亡仍侍家大人北
上吏部題請　恩典父母妻室得贈封如例孺人謂

余曰余非徒以章服自榮數載沉冤得暴白于天下
後世於心足矣浩蕩
皇恩報稱之力可不勉諸甲寅陳情歸養孺人督理
中廚菽水之供始終罔替戊午秋杪家大人棄世先
是孺人妊娠有恙至是悲傷過甚元氣日剝仲冬初
七日生一女尋疾遽作困頓中見余摧毀狀復強詞
勸慰乃旬日之間醫藥罔效叮嚀後事握手訣別嗚
呼哀哉可勝言哉余幼而失母依依家大人曾未少
離膝下孺人朝夕之奉數十年一日也雖未及事余

母歲時祭享誠敬有加至于諸父諸母妯娌姊妹以
及親戚故舊莫不隨其分之所宜予以情之各盡性
安簡淡從余兩任京邸未曾置一金珠釵釧衣被澣
濯再四雖甚敝不遽棄也邇來事神尤謹諸經文能
援句背讀供獻之屬稍有不潔必更爲之御下嚴正
或其人之老病無知則衣食之偏厚其公溥之懷有
然也捐帷之日遠近親疎無不號呼悲嘆嗚呼此亦
可以觀孺人矣孺人生於故明崇禎壬午年二月十
六日子時終于康熙戊午年十一月二十五日卯時

享年三十有七生子五女一俱未育第四子垛六歲
而亾頴悟絕人尤深痛悼今僅存一女即客冬所生
者也淑儀先生無子有女如孺人先生傳矣孺人有
女傳孺人亞未艾也孺人體質修絜舉止雍容有福
相焉其持家也不屑屑于米塩細務而坐鎮中閨內
外之人罔不奉命惟謹余或有不如意事聽孺人談
說義理爲之釋然佐余之益有不可以形迹求者今
也已矣嗚呼哀哉可勝言哉因憶客歲夏日偶讀李
崆峒集至左宜人墓誌銘蓋深悲其詞之質而情之

痛也因爲孺人誦之亦欷吁不自勝曾幾何時而孺
人告殞矣余不及崆峒奚啻倍蓰孺人懿行表表不
可以無傳也今擇于本年七月十一日酉時葬孺人
于先毋常太孺人之左乃誌其生平而爲之銘焉銘
曰
介然者性也廓然者量也綸誥煌煌德厚而光也令
聞洋洋行至而彰也嗚呼愴然于余懷者不可言湫
然于余衷者又安可忘也

臨洮廣文諡和靖先生乾甫伯父墓誌銘 庚申

嗚呼余自惟謭陋深懼弗類安敢誌我伯耶然伯於余愛同於父教逾於師今歲三月有金陵之行伯命以緘示曰我沒後幽堂之筆須汝爲之嗚呼伯豈預有所見而命及此耶此治命也余雖謭陋無似又安敢不誌我伯耶乃憑楮抆淚而撮述其生平如左

伯諱祚弘字乾甫號潼潛晚稱天弢居士祖中議大夫四川臬副諱道直子也曾祖贈君諱岐高祖處士諱邦佐世有隱德邦佐父爵爵父貴貴父麟麟父通

山西洪洞人明初司訓於秦值紅巾之亂遂家於潼
稱始祖云曾祖三子叔祖道洽懷柔令道昌南鄭廣
文祖爲之長祖亦三子次余父諱祚永江南宿遷令
封翰林吉士次諱祚延文學伯爲之長曾祖娶於張
祖娶於任俱以內德稱任爲潼之名族祖德業勳名
翼相之力居多張封太恭人任封恭人恭人一夕有
紅日之兆籍而生伯聰穎非常七歲從塾師學十一
隨祖任閱邸報能誦說大意祖令讀通鑑及秦漢文
古今事變了了胸中學使洪翼聖先生試弟子員讀

其文奇之拔居前列自是應學使試輒冠其曹應省試弗利以應省試者應學使試復冠其曹如故如是者幾三十年己卯科學使汪歲星先生閱其闈牘嘆曰予文如出水芙蓉即無目者亦當摩取既而謂曰分校某耄而荒如落此公手恐又在孫山外矣榜發果然伯曰斯命也夫斯命也夫焚棄筆硯不復爲帖括業自題句云十科不第終何用五十無聞祇自知先是藍田有王秦關先生倡明理學祖中議公出其門下伯亦得聞緒論至是潛心默請考朱陸之同異

窮孔孟之淵源嘗謂大學慎獨二字乃入門下手工夫又語人曰我少好詩賦老識其非今見周子太極圖及張子西銘街先聖正脉終日佩服乃手書座右覺欣然有會於心　國朝以明經司訓臨洮府附邑狄道楊椒山先生曾謫於此建超然書院爲諸生講學地歲久寢廢伯重爲修葺延多士誦讀其中遠近學者宗之初謁祠詩有一時悟徹顔曾理千載遥成龍比儕之句蓋椒山爲翰苑洛先生門下士人只知其忠節凜凜其邃於理學或未之知也以母憂旋里

晩年來家計蕭然雖居闤闠中其貧守道行不溷於市廛跡不達於公府四方聞風者裂而得見其面者罕矣天性孝友兩尊人生事死葬備極情文祖母八旬有一忽生異瘡延醫者施刀圭伯不忍仰視泣拜於地忽見白袍修髯者立於醫前旋得平復神明之佑亦其孝感然也兄鳳陽太守熛建寧令尹爆俱受學於伯皆先後獲雋伯詩有云七歲從師誨俊才年垂知命尚徘徊爻偕弟侄皆登第笑我陳陳苜蓿杯一時同社友多擬巍科爲名公卿及門士登甲乙榜

者指不勝屈伯獨名不稱學位不符才時人爲之憤
悼嘆惜而伯乃坦懷自適毫不介然於中其得於學
問者深矣歲乙亥邑寇萬餘忽薄城下伯在省聞變
撾都御史臺鼓陳狀都御史色動遣兵千名往援以
令箭付伯伯令家人立轅門外大呼曰令箭行矣後
至者誅無赦俄而官兵四集賊解圍去全活生靈無
算至於推恩於故舊加惠於黨里時疫捨藥以療病
歲荒賚粥以賑饑崇教育之地而增餙宫牆廣好生
之懷而愛惜物命尤其餘事也憶丙申秋余扶祖母

任恭人柩歸自宿遷從伯受制科之學伯教以詳參傳註格致前民理必朱程是遵法必王唐是守余兢兢循持不敢有違丁酉己亥連叨甲第讀書玉署伯馳書告余曰韓昌黎蘇長公僅文人之雄耳更有向上一層在余以天下第一流人物期汝勿沾沾以詞章之學自負也甲辰余觧組歸田伯與余父白髮並肩朝夕依依勉余以聖賢學問越八年辛亥余赴召北上將侍父同行伯謂余曰余老年兄弟一旦分張如花之已謝當無再會理余拜而告曰此去聊補

一官報　聖明再用之恩即擬請告歸養必不戀戀
雞肋使吾伯有白日看雲之嘆也甲寅假旋伯執余
手笑曰汝可謂不食言矣自是與余父歡晤如常至
戊午九月余父見背伯悲不自勝然年已八旬有五
矣數年前日者家多言歲厄壽亦無恙余私喜告父
曰我伯道德尊重真有造物不得而域者兩年來神
氣冲和色澤温愉余意期頤之壽或未有艾今春三
月辭之南行九月歸家而伯已長逝矣嗚呼哀哉伯
於燦恩深義渥其病也口不嘗湯藥其沒也手不親

含歛一朝輕别果世長違已矣焉哉終天之痛曷有極哉聞余伯之亡也天宇泰然神思湛定自題其像曰八十七歲出處自由不愧不怍學明行修居常致畏事必反求全受全歸夫復何尤名曰和靖千禩其休嗚呼覩栁下黔婁之誄於妻朱穆朱邑之諡於子更爲切矣前一日尚能執筆凡喪葬諸務無一不指示精當獨於穴地謂我不能定須俟余歸議之蓋伯當祔葬於祖墓之左昭也昭陽而穆陰陰從陽而主常陽兼陰而主變在左則居左在右則居右其說見

王陽明凌孺人墓誌銘中先是伯母孫孺人之葬宜從左而虛右乃右藏而左虛惧也今擬伯與伯母同爲一穴而更定其次仇庚伯母爲一穴附孫伯母之左所謂以子貴者余平日嘗以此義質之於伯伯知余考求古禮必不遺地下之櫬其命待余議者亦此意也伯生於萬曆二十二年甲午九月初七日巳時距卒康熙十九年庚申六月二十七日戌時享壽八十有七元配孫孺人渭上巨室也性純淑能讀書事翁姑以孝聞生女一適邑太學生王長之子太學生

自修亡遺子女各二側室田氏姜氏仇氏俱亡仇氏三原人歸余伯能婉孌執婦禮晚生子焯庠生娶邑庠生劉三徵女生子埴業儒女二尚幼伯早子連殤中年多病艱於嗣孕乃能從容守靜培養天和五十有九始舉子今孫且垂髫矣仁人有後不其然歟伯雅負經世之才嘗言趙中令用半部論語治天下不必也在我只須敬事而信三句足矣 廷試時嘗束欲授以縣正伯恐銓除遠地養親為艱不應在臨洮日會川省有司缺員巡撫中丞移檄河西按君擇廣

文中之與箏者就近題補司理滑公欲以伯請伯復以母老力辭之其惓懷高堂堅難進之操有如此待人和平坦易雖卑幼無疾言厲色至弗類者聞其教言無不爽然自失如春風之動物不自知也嘗言生平存心敬恕無一事不可對人言於前賢中尤慕曾子謁孔廟時再拜曰我愛益於公者多也所著有雨香亭稿史約年譜若干卷工楷隸尤善于行草平日扎示余彙爲一帙誌手澤焉悄帷之日遠近聞之無不嗚咽鄉國哀哲人之逝師儒興吾道之悲寧止余

一家一人之痛而已哉今擇於本月二十日歸伯於萬年之室追維往昔把筆神傷謹誌其大畧而系之以銘銘曰

渭川東下雙峰繡夢兆紅日神光佑少年高步文章囿伯仲班揚塤篪奏縱向六經默體究鄒魯重關經自扣兩字愼獨日三復善惡好惡辨色臭嗚呼此道千年後紛紛議論競乖謬悟得本來一點透朱陸薛王無異授遭時未展經綸就高名一代垂宇宙譬如曦輪覘列宿八十七年仁者壽丙壬定葬祖山副眞

甫冬仲兩旬候爲銘猶予敢辭陋

孫劉人曰長篇操縱有法祔葬昭穆一段講求古

禮議論精核尤人所難及

# 願學堂文集卷之十六

臨潼周　爍星公著

## 祭文一

### 祭劉繼母文 戊申

嗚呼痛哉我母竟逝耶躬備醇德不享其年而竟逝耶爍在楚南爍在冀北七旬二歲之老父惆悵焉依三千里外之孤踪徬徨無措言念及此痛悼曷窮伏思我母柔善性生夙嫻女訓處闈中日即能解衣推食賙濟貧乏之有仁人長者之風癸未歲邑遭沴戾之

變燦母王太恭人殁於難燦母常太孺人早卒我父
聞其賢而聘之母來之日正際時艱遷徙靡常事先
王母任恭人小心謹慎克全婦道對我父如賓端坐
終日無惰容飲食起居先意承順二十餘年如一日
也我父宰宿遷母隨之官退食之暇即以絜已愛民
為勸官邸二載未嘗剪一衣置一珥者會先王母卒
于宿母扶柩西歸佐理喪務助我父所不及後亡兄
熛迎母至中都燦迎母至京邸母訓之以勤課兒媍
以儉居常持齋茹素備極絜誠糲食敝衣不輕毀棄

待人寬弘視奴僕饑寒不啻在躬雖園丁佃夫亦無不懷其澤焉　燦于七月初二日歸家　燦于八月十七日歸家門閭依然庭堦如昨想像慈容不可覩矣今於九月初六日卜葬東郭之外薄設几筵用將孝思慈帷風靜蠟炬光暉厥左右之瞻依恍靈神之來止

嗚呼痛哉

## 祭先嚴文戊午

嗚呼痛哉我父竟棄不孝兒等而長逝耶憶我父在日一時不見兒則詢之諸婢半日不見兒則問之諸僕今胡爲三旬有餘而竟不詢問及兒耶父其忍棄兒耶兒痛曷極父不忍棄兒而竟棄兒耶兒痛更曷極嗚呼痛哉追惟我祖之肇基驪下也至大父中議公創業垂統佑我後人我伯我叔砥行懋學並振家聲我父賦性純良持躬簡静早遊藝苑高擢巍科屢赴公車而不第甘依親舍以承歡讀書明道閉門課

于番二十年大父賔天遭時不造神州板蕩兩母殞
生我父奉親避亂展轉山阿憂危備歷迨
皇清定鼎續娶繼慈兩兄先後成名稍有寧宇但播
遷以來家徒壁立日侍萱闈菽水不給爲貧而仕剖
竹鍾吾入奉慈訓出敷嘉猷仁心仁政載之方冊宅
憂旋里除服懸車嗣迎養於中都旋娛綵于京邸策
杖西歸風高五栁乃兒重蒙　聖鑒再入春明龍章
載賁鵷綬榮頒後陳情於　覲階得歸侍於林泉兄
弟怡怡而言歡諸孫森森而並茂優游老景荏苒五

年豈憶今秋偶染瞑眩漸亦平復及逢初度臨綺席而稱觴曾未浹旬奄捲椿庭而洒泣嗚呼痛哉惟我父之生也父作子述兄友弟恭享一代之榮名逾八旬之上壽行誼稱于鄉里譽望著于邦家揆之人世當無所憾獨不孝兒受命不辰七歲而生慈見背八歲而嫡母並亾兵火流離依依我父晝則分羹而食夜則攜手而寢擇婚授室嚴親兼慈親之勞而命耳提父道統師道之重雖仰承明訓恭聆　昌期濫叨侍從之班與振簪裳之緒乃志趨不能以隨人修爲不

足以立命在官日少居野時多未遂顯揚之忱每貽顛覆之憂兼之繼母中年而早逝兩兒壯歲而並凋起居寡偶出入無依是我父晚年懷抱無異兒早歲遭逢也乃兒之遭逢父能育之成之父之懷抱兒不能釋之慰之況頻年以來痰火時作言動維艱尋方問藥以療其痾委曲調停以解其憂父非兒無恃兒非父無歸戀戀終日刻不能離夫何一旦棄兒而長逝耶嗚呼痛哉父其忍棄兒耶父不忍棄兒而胡為遽棄兒耶憶我父彌留之際顧兒若為泣狀兒告父

曰我父福壽兼隆生爲名賢死爲明神已矣前往勿
繫念兒父謂兒曰我繫念爾爲何嗚呼此繫念之深
而故爲決絕之詞也兒髮蒼齒落計四旬已過乎三
形隻影單生六子未存其一我父有靈見兒在左右
或不念兒而悲但恐見兒之悲復不能不悲其悲也
今當五七之辰率諸孫繼儒等薦陳牲醴少展微誠
從茲以往在天者不敢自期在巳者所可自盡惟有
飭躬勵行無罹清議以慰我父在天之靈諸孫勉繩
祖武能不以兒之心爲心乎我父亦可含笑于九京

也

## 祭亡妻房孺人文 戊午

嗚呼我妻至我家二十有五年有娠者已六次胡兹竟以蓐疾殞汝之生耶哀哉我妻憶甲申逆闖之變我父奉親避亂遷徙靡寧聞汝父淑儀先生之賢而歸之假館授餐慇懃弗置及我父辭歸先生以惡人訴陷庭訊之下曾不一言波及是先生大有造于我家也復識余於齠齔之年許字以汝于歸之日汝年十二我年十八已備員諸生丁酉叨薦賢書已亥再捷南宮蒙

先皇帝拔置中秘游歷郎署迎汝至京同食國糈甲辰余遭衙文之獄汝焚香告卜保余生還辛亥再起光祿汝同侍我父入都蒙

皇上覃恩錫汝以龍章榮汝以霞帔甲寅余以親老陳情汝復歸事甘旨是余半生憂樂之境汝無不共歷之而親嘗之也余幼而失母我父煦育訓誨得以成立嗣娶繼母劉孺人亦復中道而逝余依依我父在官在家未嘗一日離側汝督理中厨朝夕供膳歲時弗怠是克盡乎事親之孝者惟汝也汝年來敬奉

神明道釋經典每月朔望能照字諷誦凡供獻菓餅小心置辦所用器皿稍有不潔必更爲之是克盡乎事神之敬者惟汝也及事諸父諸母誠敬恭謹處妯娌和順相宜老親故舊來則飲食款留去則餽遺時繼是能宜於家而篤於親者惟汝也至於待內外臧獲或其人之老羸有病及蠢愚無知者則衣食之備厚每對余言處下宜公毋令黠者獲利而鈍者獨任其苦以及閭丁佃嫗里巷婦女無不思施有加是公溥爲懷而克周乎逮下之仁者惟汝也汝賦性嚴正

持躬端簡隨余歷任未嘗置一金珠釵釧衣被之屬有澣濯至再四者居平以畏天理恤人言惜福安分爲口吻常談此尤有士君子之風非女流所易及者也汝具有大德宜享大年胡一病旬餘竟溘然不能起耶汝生五子一女皆不能育往往過於悲哀況今歲九月我父見背汝毎一長號慘不忍聞蓋積痛之餘元氣久虧故卧床未久而不能支也余一年之内喪父喪兒淚乾髓竭嘔血數次有時昏仆不能遽起汝見余情狀婉詞勸慰今汝復棄余而逝回憶音容

寸腸如傑撫摩弱息淚從中湧奄奄一息誰復憐而勸之言念及此能不悲傷嗚呼哀哉汝死之後遠近親戚內外男女聞喪來吊者罔不擗踊號痛非汝平日德澤孚人之至而入人之深者能若是乎汝幼爲清門之女長作名閥之配褒嘉出自
天語敬慕動乎時人揆之汝衷應無憾焉今當三七之辰薄陳庶品哭告几筵惟汝靈之不昧其來格而來歆也

葬先嚴祭文　己未

嗚呼我父棄兒而逝五月有餘歲序更新音容如昨瞻依靡從痛悼曷極追惟我父仁自性成德由學造令譽宏彰賢書早薦事兩尊人依依子舍三十春秋爲母而仕就祿淮陽以孝作慈澤流百里宅憂解組除服挂冠捧檄之義千古同心出處大節始終無虧敬事伯父老而彌篤白髮並肩鄉隣歡慕推愛宗族和睦里閈親疎遠近人無閒言義方之訓著于庭闈兩兄奉之皆能成立搴帷中都鳴琴雲谷前輝後映

騰驤仕路惟兒不才顓愚無似仰承嚴誨叨荷聖
慈廻翔清署恩綸榮錫陳情歸養荏苒五年溫凊有
違甘旨缺如侍疾兩月湯藥罔效一旦分離痛悼曷
極帷帳空懸几筵徒設儀容難見笑語不聞呼天喋
血五內崩頹追惟我父佩服聖言敦崇士節行止既
愼義利能晰爲名孝廉譽著西京爲真父母恩深南
國主静之義同於濂溪守約之學本諸曾子謚以貞
静誰曰不宜君子嘆悼望失山斗小人悲號情同怙
恃道德既隆福壽兼至生榮死哀近代無二兒也不

辰母既早亾父復兒棄兩兒並殞六子不育父亾之後未及兩月結髮伉儷一病而逝出入徬徨憂愁誰語形餘立柴心如紛緜我父憐兒能不傷悲三月二日卜之襄吉將奉我父葬我母域二哥之引隨父並發惟我生母取兆無所及我繼母各從舊地茲陳薄奠敬告我父柩歸鬣封靈棲祠宇兒有過愆父其教之兒有灾卮父其佑之夢寐可逼形神如遇顧兒復兒父豈兒忘恩父念父兒死而已哀哉

門人趙宗業曰文僅五百言而哀痛之情流溢滿

紙豈止一字一淚耶宗業亦鮮民也讀未終篇不
覺涕泗之沾襟矣

# 葬仲兄祭文 己未

嗚呼我兄之生也長我十有七歲我兄之亡也我年四十有三八歲以前弗省人事繼此而流離於兵火者幾時播遷于村谷者幾時奔走風塵東西異域者幾時覊縻仕路南北各天者幾時計此生內怡怡相聚尚未及四之一耳壬子都門別後豈意烽烟中阻音問亦踈迨闔疆歸正以來聞我兄決意解組以圖歸養父子兄弟歡晤可期乃去歲四月三日姜郎忽至報我兄訃聞之痛倒幾不復起傷心萬狀可勝言

哉嗚呼我兄而今已矣無復相見期矣追憶我兄秉
性誠慤持躬篤愼內不愧于神明外不欺于人世登
第以後益復謙謹不依勢以矯人不放利以生怨忠
信之稱達于家邦筮仕綏安兩載有餘仁心惠政浹
人肌膚捍衛之力徵之多事之秋哭泣之哀驗之身
亾之後語云有德者必得其壽胡爲乎一朝遘恙俄
頃之間不能少延其生耶嗚呼哀哉聞訃之日以我
父高年多病不敢與聞及我兄靈至勢不能隱乃哀
思塡胸元氣有虧季秋廿七亦復長逝曾未兩月剃

妻並亾一年之內災禍頻仍出入呼號無淚可揮我
兄憐我魂傷何如追思乙未春日我父宰宿兄公車
北歸弟與長兄同侍祖母南往父子兄弟聚首宿
署彼時不以爲異浹旬以後長兄之官雷陽兄亦西
旋自此以後燕秦吳越遥望雲山欲復如昔日之會
不可得已乃長兄既逝我兄弟左右我父猶得相依
今兄亦長往父復我棄塊然一身動定寡侶我兄憐
我魂傷何如三月二日卜葬我父祔葬我兄薄陳庶
品哭告靈前哀哀諸孤趨庭之訓未聞前人之武難

繼冥冥之中何以教之我兒有靈其亦聞我言而來格也

門人趙宗業曰叙述處悲愴欲絕凡讀之而不泫然泣下者其人必不弟吾師此文堪與出師陳情二表並垂不朽

先嚴從祀鄉賢祭文 己未

嗚呼夫世所謂賢豪之士據德依仁守先待後初未嘗有要譽干一世之念而行成名立一世之人生則敬之歿則哀之謀所以追崇而報享者合千百人而無異志焉此以見公是之在人心而斯民秉彝之好猶有存焉者也嗚呼我父純誠之性寧一之守得之天亶者固然及志學以後聆名賢之格言闡前聖之遺緒孝以事親弟以事兄忠以持己恕以遇人至於出治臨民之際不負幼學壯行之懷解組歸田優游

林下市肆不見其迹公府不覩其面百行無忝一善難名捐帷之日族黨姻戚謚之曰貞靜先生嗚呼我父其可得而稱與其不可得而稱與乃通邑士民復公陳令宰申請憲司祈入宮墻之祀以生俎豆之光持節中丞惠然嘉許檄行到縣擇於本月朔三日迎主入祠先于是日敬告徵誠伏念人生於世始而秉齊繼而書升拖青紆紫廻翔仕路條功名于當代遺蔭澤于子孫者代不乏人求其飭躬勵行道全德備學足以繼前賢行足以範後世及至蓋棺論定哀慕

與多士之思芹藻隆泮宫之薦者正未易數數遘也
況我祖中議公以秦關正派配享于前我父以家學
淵源崇祀于後父子並列聖宫尤自有吾邑以來所
不再見者也獨兒等不才叨稱士類有愧儒行旣不
能窺聖道之高深復不能嗣家聲于萬一我父在天
之靈其尚有以教之也

遷葬先慈祭文 己未

嗚呼我母棄兒而逝也已三十有八年矣使我母至今猶存壽不過六旬有一天乎何奪我母之速耶母亾于壬午首夏兒生于丙子季冬其時纔五歲有餘僅能倚棺而哭窀穸之事至今茫然不能記憶也迨兒稍能成立或言我母葬地依山帶水祥發有徵兒不之信我父在日亦對兒言此地果佳我百年後不必輕移兒亦未敢決然乃今春我父歸窆相度地形無尺寸之隙可容母柩不得已而仍從其舊非兒志

也至母葬稍下言之者不一其人兒亦心知其是未敢輕議改作乃兒妻之喪欲祔葬母傍爲我母子萬年相依之計而仍以塚前逼促爲碍因思移舊兆以定新封順人情以合地理群議僉同兼善之道無踰于此追念我母亾時兒妻之生僅五旬有七日今遲之三十八年之後泉臺姑婦並妥佳城時以久而乃得勢以格而相成此其間或亦有天意焉非人謀可得而強也謹擇七月旬又一日重開幽室厎龙黃腸奉我母壁遷新居先于是日恭陳薄祭敬告微誠泣

思素履僅得之想像之中痛憶芳規徒聽之傳聞之口劬勞之瘁既已殫盡于初年溫凊之私未能少伸于晚歲跼天蹐地兒罪曷容雖兒濫列清華之選荷蒙　錫類之榮拜綠綸而增悲覩章服而致感況邇來一身孤苦半世伶仃登堂無父兄之歡入室無妻子之倚命由已造常思勉爲乎善人材與世遠尤恐難知者天道我母有靈其尚有以憐兒而默啓其衷也哀哉

# 葬亡妻祭文 己未

嗚呼汝今將就窆矣汝其辭人間世而一去不復返也汝生平懿行余爲文以叙之爲誌以銘之汝庶幾其傳矣余不幸遇汝中道而逝此心抱無涯之戚汝猶幸先余而亡雖剖愛于生前而能懨懷於身後也促一時之駒隙者有限流千秋之休譽者無窮也獨余半載以來伶仃之狀衰憊之容舉止則口心自問出入則形影相憐汝不昧之靈見之知之能不隱痛于衷耶嗚呼汝其知有痛耶其不知有痛耶其不知

有痛耶將世之所謂通靈神于夢寐假告語于生人者盡有其事獨至汝而歸于冥冥漠漠之墟耶其知有痛耶浮生擾擾羲馭不停汝其待余于寥廓之表重晤可期其惆悵而延佇者亦自無幾時也今新秋旬又一日將葬汝于西塋余毋之次是用預告汝生前不及事余毋茲其代余定省遂汝初懷琛見舊萃于傍姑婦毋了歡會泉臺問視方新提攜如舊汝更當轉痛而爲欣也嗚呼托空言而想像冀幽感而無憑酹酒陳詞不禁腸寸寸斷矣哀哉

葬大伯祭文 庚申

嗚呼姪之辭我伯而南也在三月廿有五月閏四月朔八日伯即抱恙旋復旋作七旬有餘醫藥罔效奄然長逝使姪之行稍遲數日或伯之疾早覺數日姪具有人心又豈肯恝然而他適也秋杪西旋至閶門始聞凶信遥望家山肝腸碎裂疾馳抵家帷帳中懸几筵旁設想像音容杳然莫覩嘔心喋血痛恨曷極哀哉我伯數年前日者家或言不利壽亦無恙姪私謂我伯道德尊重造化爲之轉移兩年以來神氣沖

和步履清健期頤之壽尚屬可期故狃於平日之見以致有終天之悲是曷天數之不驗於前者而遽驗於後耶人言之不中於往者而忽中於今耶乃日爲之計者竟得倖免而猝然之變頓出之不必慮之外耶嗚呼伯之於姪恩同罔極率爾輕動不復再思殆上天降責於姪忍心易用故貽之以畢生之痛也哀哉尚何言哉前歲父兄並喪及於中饋伯憐愛之情慰勞備至姪見我伯猶如見父哀毁之中尚能自釋乃未及兩載而伯亦亡矣一堂尊親倏然並逝半世

孤苦計將誰依嗚呼哀哉尚何言哉追維我伯聰明天亶仁善性生孝友孚於家庭操修著於黨里議論達古今之變知能窮性命之微至於遭逢不偶名位未彰在天者伯不得而強之而令望攸隆千秋仰止在伯者天亦不得而靳之也生平行履全受全歸古所稱爲完德君子者伯其人矣若於姪教育情深有如父師學問不至中輟功名賴以有成至中歲以來進之以仁義之域掖之以禮樂之塲雖立身行已有愧明誨而學爲聖賢一念未嘗不刻刻在懷昔韓昌

黎之於十二郎不過骨肉愛念之常耳後世讀其文尚能令人興思若伯之于姪成就之恩又豈昌黎之所可及耶今擇本月二十日爲伯歸窆良辰敬率諸孫繼儒等薄陳牲醴泣告靈前伯之所以望姪者不在尋常猶子之中姪之所以報伯者豈在尋常諸父之列勉勵清修荅揚庭訓伯其能番鑒于寥廓之表也嗚呼哀哉

祭先太史從祀宿遷名宦文 甲子

嗚呼憶我父之分符茲邑也已三十有一年矣父以十上公車之孝廉爲母捧檄蒞此至衝至疲之邑兩載有餘終以母憂去官計此兩載間凡爲此邑清荒田釐漕規督理河工整飭郵政重興縣治招撫流移草贖鍰恤商旅興學造士息訟寧民種種實政不敢自以爲功謂盡吾分也不敢自以爲德謂行所學也乃迄今三十年來宿之人士相與思之慕之謂侯不有其德而德之入吾宿者靡盡謂侯不有其功而功

之在吾宿者無窮臚陳往蹟遍請諸司祈祀澤宮之側以爲名宦之光荷蒙各憲俯循輿論檄下遵行兒客歲四月奉　賜卹安南之命大禮已竣扁舟北返停檥河干正值邑人迎主入祀之期恭逢盛事感切私衷黃水濤聲有如昨日馬陵月色無異當年在我父雖無要譽斯民之念而民之思慕不忘亦以見一方人情風俗之淳厚有足尚也薄陳牲醴肅奠几筵我父有靈其惓懷斯土俾雨暘時若歲書大有災癘不生人多壽考以見我父之加惠於生前者復垂恩

於歿後邑人之歌頌於一時者且銘感於千秋是又兒之代茲邑所致禱者也

王幼華曰召伯甘棠子產遺愛或詩或傳或生或歿可謂千秋並榮矣若象賢之子身遇盛事則又一段佳話也

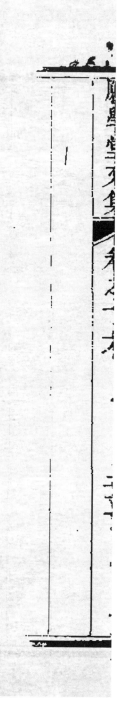

# 願學堂文集卷之十七

臨潼周　爕星公著

## 祭文二

### 祭申暘賔文 辛亥

辛亥季夏家乾甫伯寓書於余謂君歸自楚怏怏旬餘而亾余覽之悲痛欲絕山川紆阻哭奠無從西望秦雲臨風灑淚呼君而告曰君其逝耶抑胡爲而怏怏以逝耶客冬君有三楚之遊北風凛冽河水流澌辭鄉邑而賦遠征此固丈夫不得志於時者所爲君

行後賜紘重斷親老子稚余固逆知君之歸有大不堪於中者余伯所謂怏怏何餘者其以此也耶其不盡以此也耶七月朔四夜余夢見君欷歔告余曰余齎恨九原子能爲我中愬耶余聞言大慟而覺嗟夫賜賓君所恨者天耶人耶屈大夫一部離騷言之不能盡者余安能爲君愬耶憶余總角時執業請正君願余曰此一幅數行墨可卜子他日功名既而讀書余舍螢窓雪案連牀促膝者五載有餘時表叔任志伊亦識余于齠齡三人者卿盃談古過從留連浹旬

不知倦繼余謬叨一第厕名玉署燕山渭水天各一方志伊文戰屢北一日痛飲數斗而卒至今鳳什坊北坯土斧如驅馬過之不禁潸潸泣下也君十年戢翼一舉冲霄他日建樹正未可量而今也怏怏以死及告余以齎恨者何耶嗟夫賜賓余知之矣半生攻苦連掇甲第欲借十室絃歌爲展布經猷之地而造物奪之能不戚然于懷耶然試觀今之三年計偕恩榮宴罷佩銀章而宰百里者纍纍然也及其拘束於文法偃蹇於歲月求如漢史所載諸循吏建豊功於

當代傳芳名於後世者百不一二人况君聰性遠時多文薄福以沓不可期之事而抱身後無窮之悲智者不爲也君無恨焉君精靈不泯其招我志伊攜手崑崙之巔拍肩蓬萊之島遥見故人陸沉金馬門飽不若侏儒而狂吟高叫故態猶存相與鼓掌大笑使數千載以上之屈子聞之方將駕青虬而驂文螭來從二君以逍遥也余安所用申慰爲

王九青曰纏綿真切令覽之者不知涕泗之何從賜賓可以不死矣

同衛禹濤祭中丞劉夫子文 癸丑

嗚呼哀哉我夫子竟逝耶客歲仲秋燦有山左之役道過渠丘拜謁函席奉笑言者累日初冬北還時執蒲以被召至都握談之際詢知夫子近履神清體健莫不以大年爲期而我夫子竟逝耶嗚呼哀哉夫子鍾泰岱滄溟之正氣崛起於孔孟數千百年之後毅然以斯道爲己任當相國執政時閉戶潛脩絕無干名競進之念故其爲諸生日最久辛卯歲薦於鄉又三年乙未成進士得受知於

世祖章皇帝選入木天之署俾讀中秘書以備顧問未幾而改置諫垣又未幾而改置銓部丁酉三奉校士事拔超擢館卿俄遷大廷尉甫三日拜中丞之命撫視畿南知遇之隆從古人臣所罕有也已而　龍髯升天鼎湖載痛夫子遂解組歸田號卧林泉者十有三年人莫不以夫子之品之才未竟厥施爲之嘆息而我夫子處之澹如也盍嶽嶽者泰山時而晴霞映日時而沉靄蔽天陰陽變幻不同而嶽嶽之體自若也洋洋者東海時而澄波秋靜時而怒浪山飛風

壽震撼不同而洋洋之體自若也我夫子守道不阿用行舍藏克法前聖人世之升沉顯晦文爲足以動其中也今

皇上嗣服御宇惓懷耆舊時勤故劍之思四海之內莫不望謝公之再起以霖雨蒼生而我夫子其竟逝耶嗚呼哀哉秦士之受知者七十有九人在京者僅執蒲與燦二人聞訃之日傍徨失措五內欲崩嘆昊天之不吊哀梁木之早摧東望几筵臨風隕涕含哀致詞情至無文惟夫子之有靈其式臨而式聽也

房愼菴曰情至而語悲鍾竟陵哭雷何思先生詩云人言師與爻吾直惜其人此文如之

祭少師衛夫子文 乙卯

嗚呼夫子稟乾坤之正氣萃河嶽之英靈閎知紹東魯之宗著述在先秦以上起家銓典陟位台司歷相兩朝總衛百職於周若旦奭之篤棐在漢爲丙魏之純恭黃閣宣麻三登裴度之席黑頭解組長食鄭均之錢碩德鴻勳殊榮異寵金華珥筆之臣皆能一一書之愚小子曷容更贅一詞獨憶巳亥之秋夫子總裁禮闈拔燦於五千人中而獻之 丹陛暨
先皇帝臨軒七簡復拔燦於三百五十八人中而處之

玉署出入鸞臺追隨赤舄者將幾二載奈當　龍髯
上升鳳池晝暇改置諸司況淪里舍回首十有六年
矣夫子不加擯棄假館授餐分金遺葬若父母於子
當流離失所時慈愛彌篤高厚深恩報稱罔極昔姚
崇蒙梁公之薦蘇軾受歐陽之知事業文章淵源師
友爲千古美談燦進不能亮釆分猷建豈功於當代
退不能著書明道飛休譽於後人清夜捫心跼蹐無
地如頑石枯木受雨露之施冥然罔覺自負生成於
造物何憾也雖然燦名稱甚卑而出處不敢遺議德

業未修而學問不敢自怠卓矣羹墻如見願效侯芭之傳經恍乎几杖猶新常懷端木之築室報夫子甄拔之恩者在此答 聖朝作養之隆者亦在此也

祭舅氏常德符文 乙卯

嗚呼舅氏名登上庠而不爲賤年逾七旬而不爲夭有子有孫而不爲惸生平磊落氣槪瀟洒胸襟學富五車家徒四壁與卿大夫遊而不詭以自隨與庸衆人處而不矯以立異抗志雲霄之上立身夷惠之間生稱人豪殁存休譽嗚呼舅氏夫復何憾獨是燦七齡失母僅識音容四十無兒空存骸骨舅氏憐我愛我朝夕相依舅雖有子而視我猶視其子我雖無母而見舅如見吾母毛裏恩深垂三十年而一旦長逝

能不悲傷今薄陳蔬醴冀享靈魂知舅氏不我遐棄
也

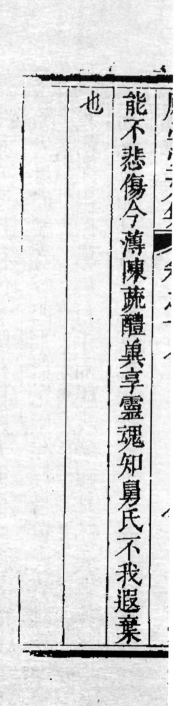

祭梁木天文 辛酉

嗚呼夫人負葢代之才其凌厲揮斥不可一世而世之人亦且睊睊與其有爲乃志之所期時不相副豈世人之重反爲造物之忌耶抑造物別有所見屈伸之施有非世人所能窺耶吾於是深有慨於吾友梁子木天矣梁子天資穎異幼有神童之譽年方弱冠取甲乙科如拾芥綰綬江都地當繁劇批郤導欵迎刃而解大江南北以神君頌之陞補安肅　大獮所至詢有司治行中丞首以君對　天語褒嘉特命所

司識之一時傳爲美事近以滇南用兵捐金助餉詔以中行評博擢用需次之暇僑寓保邸賓朋讌集酒酣賦詩高吟而絕塒年僅五旬有二諸同人聞之罔不驚悼以爲天旣畀其才不宜阨其用蒼蒼者眞不可問耶雖然使梁子少掇巍科長登膴仕富貴顯榮以壽考終焉可謂盛矣而世人若斯者比比也志以未展而莫究其際才以未用而莫窺其長千秋之下遥望高風獨深人以慨慕無窮之思視世之庸庸者流見崇高而衆顧者奚啻霄壤若也所謂造物別有

所見屈伸之施非世人所能窺者此也白露朔零斿車載道臨風隕涕酹酒陳詞梁子有靈其亦聞斯言而心肯也夫

孫豹人曰凌厲揮斥不可一世二語木天在焉呼之或出通篇跌宕嗚咽祭文中極有法力之作

祭隣石兄文 壬戌

嗚呼惟我兄弟世居驪邑遠系異同莫可考稽憶自戊戌夏公車下第平陽道中始同藍田定侯長兄叙雁行之誼迄今二十有五年矣弟客春北上兄送至華陰高館張燈把盃言別凌晨勒馬依依不忍分手歲暮接家函云兄偶來邑城寓家園之引月洞中談笑如常更深就寢及東牕日上啓戶視之已溘焉長逝矣覽書痛悼五內欲崩嗚呼其年方艾其氣方壯無奄息之彌留遽超然而歸化抑何異耶兄天性孝

友父毋昆季人無間言出入鄉黨恂恂善下登第後東遊齊魯南抵吳越返棹豫章揚舲湘漢所在吊古詠懷覽物寄興騷人韵士無不樂與之遊歸家惟閉戶讀書蕭然儒素絕不以私事干人人亦不敢以私事相干嗚呼若兄者可謂真孝廉矣常搜輯溫泉詩文上自漢唐下至元明裒然成袠欲行於世此兄未竟志也茲以三侄西歸一言寄奠渭川夕月繡嶺寒煙臨風西望曷勝嗚悒

葉慕廬曰信筆寫來便自佳絕絕似魏晉間人風味

祭郝雪海先生文 癸亥

嗚呼上天之生才也匪偶而國家之需才也甚殷乃若旣巳生之亦巳用之而顧不得畢展其蘊復困挫其境遇拂亂其心志若將終身然聞者莫不戚然相謂以爲天之善于生才而不善于用才也如此乃遲之又久而其人之才益老當國家猝然有急隨在用之而輒效然後知昔之抑之者所以成之扼之者所以待之聞者又莫不忻然相告以爲天之善于生才而又善于用才也如此此其故觀于雪海先生而益

信矣先生生燕趙之鄉負揮霍之才當
世祖朝登進士第官比部擢侍御皎皎風節不可一
世巡理三巴適不逞之徒稱戈犯順近所殲滅滇南
逆藩者時分鎮其地潛蓄異謀患在肘腋人皆知之
而不敢言先生飛章入告請正春秋無將之誅在廷
諸臣以大師擁強兵在閫外不宜有所動搖坐先生
以誹謗當以其刑刑之
上弗聽僅免其官安置遼左旣貧先生以炮復厄先
生以生不測之施若預留爲異日用者曾幾何時而

亂成六詔宇內震驚智勇之士奔走不遑我
皇上特起先生于戍籍中仍冠惠文如故先生指陳
時事侃侃而談動中機宜視鹺兩淮悉心剔釐多方
鼓舞閩粵軍需賴以不匱復任一年隨晉大冏卿御
史大夫值粵西初定
上特命巡撫其地先生恩威並施吏畏民懷稱一方
保障者且二年餘矣人但知先生遷拜之速建樹之
隆而抑知二十年來黃草白沙所以動忍增益者有
獨至也嗚呼先生辨姦于數十年之前識力卓越是

天之賦畀者獨厚定亂于數十年之後才猷老練是

天之成就者尤深茲勳名著于　兩朝聲施垂于百

代身依日月氣作河山夫復何憾獨是燦等夙欽斗

範誼重蘭芬適南服之遐征覩中臺之晝閉悲生八

桂淚灑三江陳孺子之生芻傚楚人之歌些先生有

靈其亦鑒我而來格也

裴湄曰敘事之文置歐蘇集中當亦莫辨得之

祭文中奇絕

祭同使安南孫子立編修文 甲子

嗚呼我輩奉　命出疆萬里往還將及一載計不覩先生之令範也已六月餘矣憶壬戌冬安南以前王訃音來告於　朝蒙
皇上柔遠宏仁垂念遐裔封祭並施命九卿詹事科道會推滿漢官各一員以往時先生以南國之彥爲己未臚傳第二人珥筆螭頭廷臣交口推轂
上可其奏燦等猥以非材得叨同事之列客歲初夏
陛辭出都閱恒山渡大河解縣鄠渚鼓枻星沙驛路

風塵江天烟雨我四人未嘗不相與俱也及抵衡陽
爲先生尊甫明刑舊地伯兄適分符其邑太夫人亦
迎養令署燦等登堂介壽兩昆弟鵷綬麟袍雙扶鳩
杖一方之人稱爲佳事又粵西境先生以微恙稍後
共停檝桂水以俟乃未及旬日而全州之訃問至矣
燦等相視錯愕且悲且驚夫何生死俄頃莫能測度
而人生離合如是其不可定也嗚呼痛哉由茲以南
星言宵駕直抵交邦大禮告終　王命無忝斯仰藉
聖天子德威所加動罔不臧亦由先生儀型在望燦

等佩服有素奉以周旋克光令典也茲返棹皖江遥瞻珂里白岳連雲釃酒江干臨風隕涕悲塡胸臆詞不成章先生惓念同人能無覩行旌而興感乎

羅木裕曰體莊詞雅少陵以老成贊庾信之文似覺溢美此文方可無愧

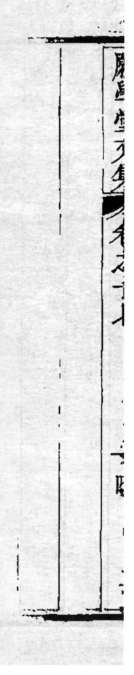

## 祭王茂衍文 甲子

嗚呼十年濶別萬里奔馳盈盈一水瞻近無緣詎知尺一書往還慰問竟成長訣之詞耶哀哉君與余居隣閭閈世連姻婭曾憶余陳情歸里君亦宅憂西旋一日登驪山之巔披襟對坐君謂余曰我與公相同者得九事爲同胞三人而各居其季伯仲俱稱孝廉我兩人獲雋南宫廷對以第二甲出身官比部此六者爲得意事君伯兄弗祿余仲兄先亾仕途多躓中年寡嗣此三者爲不得意事余曰君以間出之品天

縱之才連掇巍科早典名藩四方之人傳其姓字如景星慶雲無不欲得一識韓荆州者公所謂同乃在天之數而偶相符合余所謂不同乃在人之數而終難企及此乙卯秋日間語也客歲君方持楚衡余奉
賜卹安南之命征車所過與得一傾積懷乃余停驂嶽麓君復伏枕朗陵將以 王程迫急遥望白雲黯然催棹及抵桂林而君之訃音至矣嗚呼哀哉痛曷可言茲返旆邗江極目關河西風萬里薄修炙絮遣奠几筵君勳名在 朝德澤在野譽望在一時文章

在千古況哲嗣繼起玉潤蘭茁余一官潦倒半世浮沉常抱馮唐之嘆時深伯道之憂君靈不昧其何以慰相夫余而俾不同者得終歸之同乎嗚呼繡嶺巍巍渭水潺潺哲人往矣痛裂余肝不禁涕泗之霑裳也

何伯龍曰敘嚋昔對坐閒語一段天然佳致

祭陳子聦文　甲子

嗚呼余啣命南交萬里馳驅往來於蠻烟瘴雨之鄉而不敢告勞者君臣之分也子之毅然同余以往餐風宿露備歷艱辛而不欲言苦者朋友之誼也計與子驅馬恒山揚舲楚澤啣盃於黃鶴樓上題詩於回雁峯頭把臂談心方欲窮域外奇觀稱平生得意事夫何既過蒼梧子旋染采薪調攝舟中未及浹旬至邕州而奄然長逝矣哀哉痛可言哉余自甲寅歲陳情歸里子以筆墨之役周旋余側余有所作子能識

之余有所論子能述之余或有不逮子不憚娓娓左右而劾其匡勷焉是子雖未曾執贄余門稱弟子禮而實爲執贄余門稱弟子禮者所不及也嗚呼痛哉余之自邕州而返也載柩同行旅魂相依者尚三月有餘今余將回京復 命送子之靈車以歸生死南北無復相見日矣子令聞在望一行無忝其妻若子必能守子之戒而成子之名也至敦筆舌之誼而惓念於故人者余不敢辭子其毋戚戚於九原乎

武叔玉曰古道深情具見不獨詞篇之工

祭劉介菴伯母文　甲子

嗚呼夫人莫不有友亦莫不有友之母亦莫不有百年必不可留之母之數而母于介菴非猶夫人之母介菴于余非猶夫人之友故不禁念之切而悲之深也憶巳亥歲余與介菴蒙
先帝簡拔同厠秘省時介菴失怙惟母是恃余失恃惟父是怙余事伯母若父介菴視余父若母朝夕瞻依情同昆弟二十年來有如一日戊午秋先父見背介菴過敝廬哭之且曰吾子有父小人有母皆恃以

爲生也自茲以往子將何依兩人相抱失聲今春以使交事竣復　命北上遇介菴于宿預述及伯母久病新愈元氣大虛黯然有不忍出諸口者曾幾何時而訃音猝至嗚呼介菴罔極之痛與余共之此我兩人同遇之苦同心之慘也寧不悲哉伯母早失所天與羅庶母同期殉節繼念我自在堂遺孤待撫于是羅爲其易而伯母獨擔其難以一身處酸風苦雨之中者四十餘年卒能教子成名珥筆鑾坡含香粉署持節淮甸草偃風行迄今大江南北沐介菴之化者

感母之德食介菴之澤者思母之恩是又不但余一人之悲而天下之人所聞之共悲者也茲介菴位望日隆才與品足以副之而子若孫繩繩繼起所以報母德於方來正未有艾以視余碌碌浮生鬓髮半皤不能承父之志者不亦大相徑庭耶南望呂梁一觴遥奠伯母聞之其亦念猶子而來享乎

# 願學堂文集卷之十八

臨潼周　爕星公著

## 族譜

### 序例

序曰余之譜吾族也不禁淚涇涇下矣吾族舊有譜伯兄旭公編次之仲兄漢公參補之丁未歲余曾一較正迄今又十有九年矣先大夫嘗告余曰吾族自四世祖以後無嗣者多故屢傳而人不加衆舊時同居一城祖中議公在日歲時會聚飲食讌款叙家人

之誼意甚渥也兵燹以來人各異處時罕覯面子弟有遇諸塗不相識者又安能辨其班行問其名字記其年歲乎是譜誠不可以已也憶甲寅春余陳情歸養伯父乾甫公長先大夫三歲白髮兄弟朝夕相依余嘗率諸子弟出入左右見者以爲猶有先人餘風今兩尊人先後見背兩兄亦皆早逝余于中議公後竟稱一家之長不勝愴感茲守康假日檢閱舊譜唏嘘者久之苟不及今輯著成編後世子孫將有不可問者矣舊譜以代分人以支別代今照依世次更爲

之圖庶觀者一覽了然記載隨所見聞非敢有意詳畧至于義例悉倣古人之舊揔期於分支別派之中見同源共本之意家不皆溫厚也人不皆賢智也如何養之圖之相𠛬如何教之過失刋[illegible][illegible]施于族黨即可施于邦國無慚于祖宗即無慚于天地是不但竟兩兄之志亦頗守吾中議公之遺範也是譜誠不可以已也修譜潤色尤有望于繼起之賢者矣

始祖書姓尊始也二世以下止書諱妣不另書統于尊也字號年歲不知者缺之

李崆峒作譜至兄弟行而止謂是後安能知也余凡目之所及者皆書焉

高祖曾祖祖及叔祖按舊誌皆爲立傳伯兄旭公亦爲立傳事有可傳無敢忘也

先大夫暨司訓伯父仲兄漢公誌狀皆余爲之不復更傳

內繼不書（謂兄弟之子爲後者）同一祖也外繼者書（如元再等是）傳則不書既歸吾閩無庸異視繼外者亦書（如閏繼武等是）不忍遽棄也再傳則不書不知其所出也

曾祖母祖母附見曾祖祖本傳誌內助也生母繼
母俱以銘誄見先孫人亦以銘誄見茲不再載
綸音不敢輕載櫂瀆也贈言別見茲不混入亦本
崆峒氏之意也
康熙乙丑夏日十世孫燦書于南康
署中

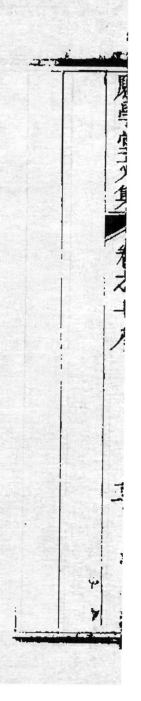

# 世系

始祖 **周通** 娶張氏子二長麟次龍葬老墳正丘世籍山西洪洞人同諸咸寧遭值紅巾之變遂居於潼介爾始祖其年代不可考矣

長屬

二世 **麟** 通長子生員娶黃氏子四長奉次貴三表四義葬老墳正丘之右

三世 **奉** 麟長子娶賈氏子四長泰次臣三可四用

四世 **泰** 奉長子娶趙氏無傳

**臣** 奉次子娶張氏子二長天成次天倫

**可** 奉三子娶安氏子二長登第次登科

**貴** 麟次子生員娶黃氏子一爵塋老墳右下第二丘

**表** 麟三子娶黃氏子二長錫次欽

**用** 奉四子娶劉氏無傳

**爵** 貴子娶張氏子二長邦佐次邦佑葬西墳正丘

**錫** 表長子娶黃氏子五長天佐次邦現三天相四天秩五天叔

**欽** 表次子娶王氏子三長邦彥次邦瑞三邦儒

次房

義
麟四子娶黃氏子四長世福次世榮三世華四世英

世福
義長子娶趙氏子一邦明

世榮
義次子娶黃氏子二長邦靜次邦選

世華
義三子娶陳氏子二長繼統次繼太

世英
義四子娶任氏子一忠

龍
遐次子娶趙氏子一
奉祿葬老墳正位之

奉祿
龍子娶楊氏子一廷章

廷章
奉祿子娶楊氏子一登雲

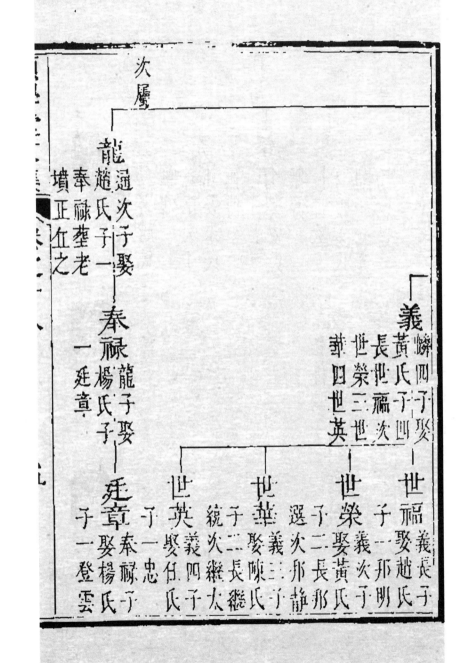

左

五世

臣屬

天成　臣長子　娶趙氏　無傳

天倫　臣次子　娶朱氏　無傳

可屬

登第　可長子　娶安氏　無傳

登科　可次子　娶姜氏　嗣子一　元　子一　豐

六世

元本　登科嗣子　姓姜　二長孚先　次恭先

七世

孚先　元長子　子一　孔　娶

恭先　元次子　號前溪　歲貢任青

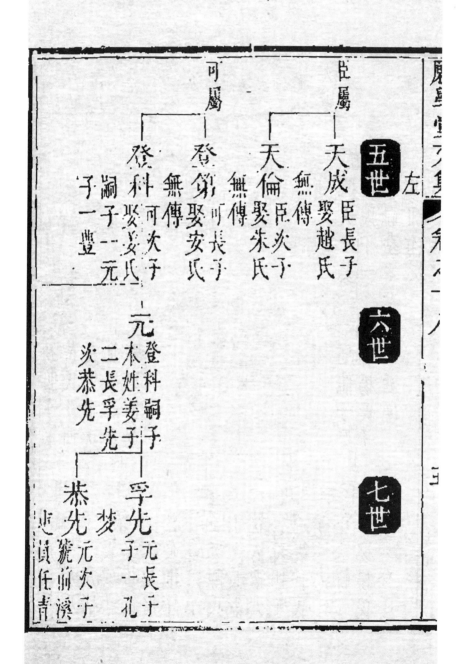

爵屬

**邦佐**

爵長子字艮卿娶魏氏子三長岐次卿三彩埜西墳正位之左詳見本傳

**岐**

邦佐長子號仁堂累封中議大夫娶張氏封太恭人子三長道直次道洽三道昌埜東墳正位詳見本傳

**豐**

登科子嗣子一光先

州經歷娶門氏子一祚磐

**光先**

豐嗣子本姓安子一智

**道直**

岐長子號泰宇乙酉舉人歷任四川按察司副使娶程氏繼任氏封恭人子三長祚弘次祚永三祚延埜東墳正位之右

祀鄉賢詳
見本傳

道洽
岐次子
號和宇
貢士歷任
順義知縣
娶申氏繼
李氏封孺
人子五長
祚長次祚
培三祚清
四祚錫五
祚寧詳見
本傳

道昌
岐三子
號熙宇
貢士任南
鄭訓導娶

邦佑
爵次子
娶陳氏
子三長鎬
次平三洛
塋酉墳丘
丘之右

郲
邦佐次子
生員娶趙
氏子一道
立

邠
邦佐三子
生員子一
道盛

鎬
邦佑長子
無傳

平
邦佑次子
無傳

洛
邦佑三子
子一道穩

魏氏繼杜
氏子四長
祚遠次祚
振三祚恒
四祚綿

道立
郲子無
傳

道盛
邠子無
傳

道穩
洛子子
二長祚

錫屬

天佐 錫長子 娶房氏 無傳

邦現 錫次子 娶陳氏 無傳

天相 錫三子 娶黃氏 子四 長寅 次霽 三雷 四霄

寅 天相長子 無傳

霽 天相次子 無傳

雷 天相三子 無傳

霄 天相四子 子二 長道準 次道隆

道準 霄長子 子一 祥

久

道隆 霄次子 子一 祥

禧 次祥祿

農

天秩 錫四子 娶蔣氏 子二長雨 次海
雨 天秩長子 子一應皐
應皐 雨子無傳
海 天秩次子 子一應夔
應夔 海子無傳

天叙 錫五子 娶任氏 子二長崗 次嶺
崗 天叙長子 無傳
嶺 天叙次子 無傳

欽屬

邦彥 欽長子 娶申氏 子二長尚志 次尚禮
尚志 邦彥長子 子一文郁
文郁 尚志子 無傳
尚禮 邦彥次子 娶巾氏 子一文煥
文煥 尚禮子 子二長錦 次緜

邦瑞 欽二子 娶宋氏
尚印 邦瑞長子 無傳

子二長尚印次尚信鈗三子

邦儒 娶任氏子一尚和

世福

邦明 世福子娶黃氏無傳

世榮

邦選 世榮長子無傳

邦靜 世榮次子無傳

世華

繼統 世華長子娶黃氏子二長于仁次于恩

尚信 邦瑞次子無傳

尚和 邦儒子無傳

于仁 繼統長子娶門氏子五長鳴禎次鳴祥三鳴鳳四鳴鵬五

鳴禎 于仁長子無傳

鳴祥 于仁次子無傳

鳴鳳 于仁三子無傳

暘鵬

于恩
繼統次子號惠堂娶李氏四子長暘新次命新三德新四御新

繼太
世華次子娶楊氏無傳

暘賜
于仁四
子無傳

暘鵬
于仁五
子一

出繼門名
繼武

暘新
于恩長
子

命新
于恩次
子無傳

德新
于恩三
子一

宗

御新
于恩四
子無傳

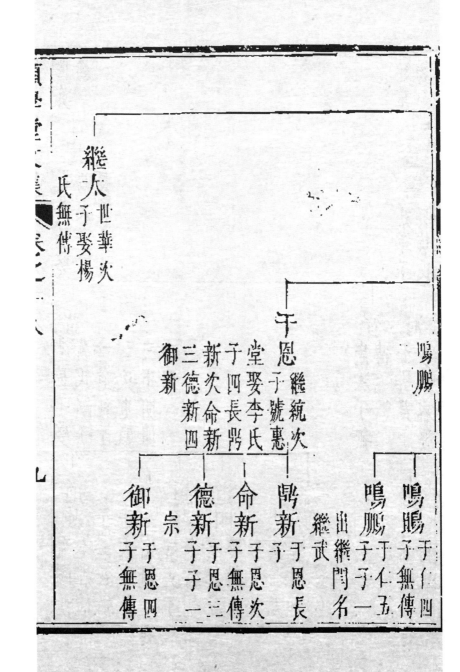

屬　世英——忠　世英子娶馬氏子二長晉次晉

晉　忠長子娶黃氏嗣子一道純子三次道顯三道明四之旴

道純　晉嗣子本姓任子三長宗達次宗适三宗瑞

道顯　晉次子無傳

道明　晉三子娶趙氏子二長際太次景太

之旴　晉四子子一佐次

晉　忠次子無傳

屬　廷章——登雲　廷章子娶焦氏

河　登雲長子改名齊娶——道念　齊子娶周氏子

子二長河 次江

任氏子一 道念

江 登雲次子 無傳

二[illegible]長德 次耀

孚先 屬

恭先 屬

光先 屬

八世

孔夢 孚先子一丕烈

祚磐 恭先子無傳

智 光先子一武烈

九世

丕烈 孔夢子無傳

武烈 智子子四長樹勳次樹業三樹德四樹起

十世

樹勳 武烈長子

樹業 武烈次子

樹德 武烈三子

道直

屬

祚弘 道直長子字乾甫貢士任臨洮訓導娶孫氏仇氏子一焯正瑩東墳之左詳見墓誌銘

祚永 道直次子字紹甫甲子舉人任宿遷知縣封翰林院庶吉

焯 祚弘子字霞公生員娶劉氏子●長埴

熛 祚永長子字旭公壬午舉人歷任鳳陽知府娶毛氏韓氏王氏

樹起 武烈四子

埴 焯長子

圻 熛長子太學娶王氏子●長餘慶次錫慶三共慶

士娶王氏常氏劉氏封孺人子三長爍次爍三爍塋東墳右下第二丘祀鄉賢名宦詳見行狀

子二長圻次域詳見本傳

爍

所承次子字漢公辛卯舉人任建寧知縣娶李氏張氏子六長繼儒次堪三增四垓五埴六埔塋東墳右下第三丘詳見行狀

域

爍次子生員娶李氏子[redacted]長大慶

繼儒

爍長子太學娶南氏吳氏子

堪

爍次子守備娶雒氏子[redacted]長衍慶

增

爍三子太學娶荊氏子[redacted]長積慶

垓

爍四子生員娶段氏

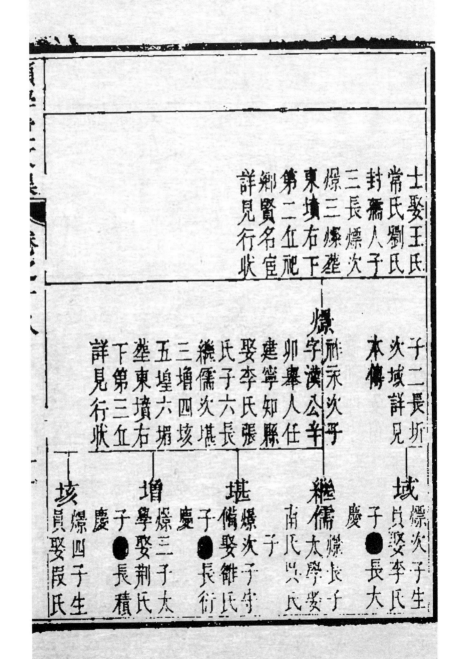

埕
燦五子生員娶陳氏
子[illegible]長善
慶

堉
燦六子

塤
燦長子

燦
祚永三子字星公丁酉舉人己亥進士由翰林院庶吉士歷禮部郎中奉使安南賜一品服現任南康

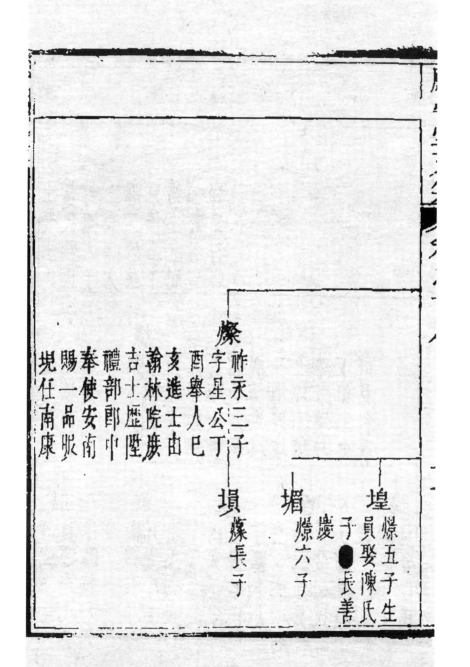

知府娶房氏封孺人繼蹇氏子●長塤

道洽 屬

祚延 道洽三子字敬甫生員娶賈氏無傳

祚長 道洽長子字貞甫生員娶鄭氏子三長煇次烶三煜

祚培 道洽次子字篤甫生員娶李氏子一

煇 祚長長子生員

烶 祚長次子子一吉士

煜 祚長三子無傳

燧 祚培子娶高氏子一坊

吉士 烶子

坊 燧子

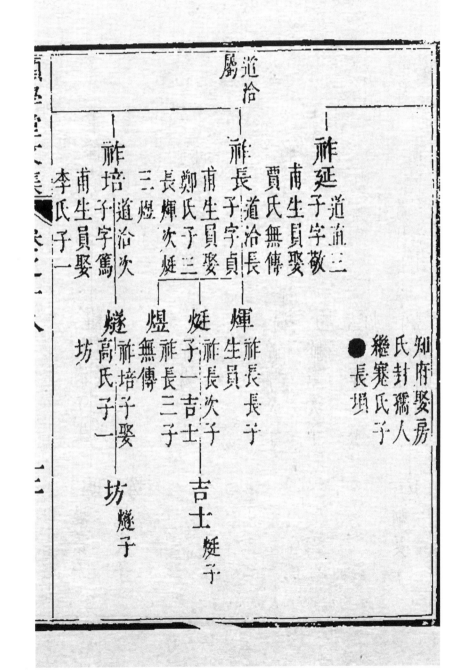

道昌
翳

祚清 道洽三子字廉甫運判娶王氏子一焜

祚錫 道洽四子生員娶曾氏子一烇

祚寧 道洽五子娶劉氏子三長烱次灼三炡

祚達 道昌長子字亘

焜 祚清子生員娶王氏子二長坰次埈

烇 祚錫長子

烱 祚寧長子

灼 祚寧次子

炡 祚寧三子

焫 祚達長子字爵南生

坰 焜長子

埈 焜次子

均 焫長子

甫生員娶
孫氏子三
長炳次燿
三焌

員娶上氏二
子二長均
次壎

壎炳次子

燿祚遠次子
出繼孫

焌祚蓬三子

祚振道昌次
子子三
長欽次敬
三顯

欽祚振長子

敬祚振次子

顯祚振三子

祚桓道昌三
子娶邢
氏子五長
炷次熑三
燈四爍五

炷祚桓長子

熑祚桓次子

燉

祚綿 道昌四子娶薛氏子三長燿次煁三熾

烇 祚恒三子

爍 祚恒四子

燉 祚恒五子

燿 祚綿長子

煁 祚綿次子

熾 祚綿三子

道穩 勵

祚福 道穩長子子一烤

[火青] 祚福子

祚祿 道穩次子子三

炤 祚祿長子

長熠次烑
三焯

烑 祚禄次子

焯 祚禄三子

道準
屬

祚久 道準子一從

從 祚久子

道隆
屬

祚農 道隆子二長撫次爔

撫 祚農長子四長廣次定三真四元

爔 祚農次子

廣 撫長子

定 撫次子

真 撫三子

元 撫四子

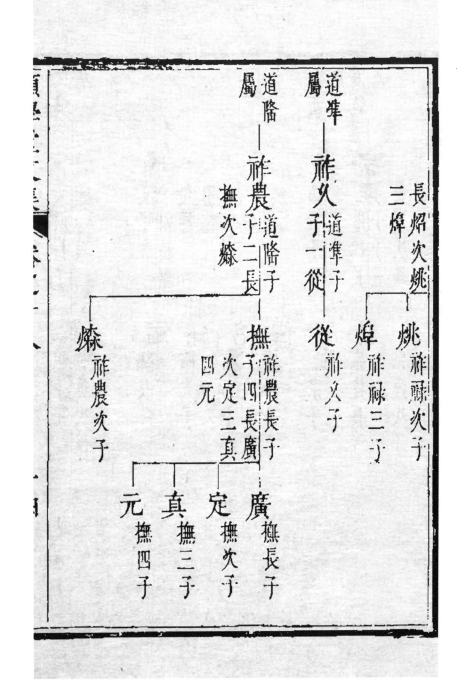

文煥屬

錦 文煥長子子一葉

葉 錦子子二長英次傑

英 葉長子

傑 葉次子

繡 文煥次子子四長福次祿三名四位

福 繡長子

祿 繡次子

名 繡三子

位 繡四子

德新屬

宗德 德新子子一宜生

宜生 宗德子

道純屬

宗達 道純長子子三長爍次燦三物

爍 宗達長子

燦 宗達次子

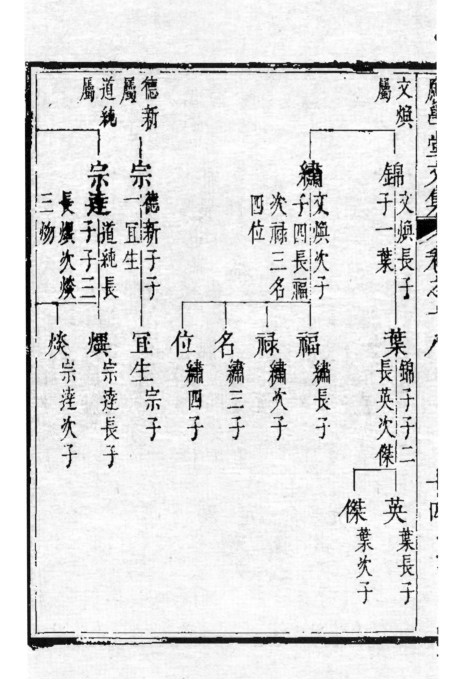

道明屬

宗逵 道綽次子 子二 長成 次威

宗瑞 道綽三子 子一 赫

際泰 道明長子 生員 子三 長翔 次翊 三翱

景泰 道明次子 生員 子一 翰

炒 宗逵三子

成 宗逵長子

威 宗逵次子

赫 宗瑞子

翔 際泰長子 生員

翊 際泰次子

翱 際泰三子

翰 景泰子 子一 瀛

瀛 翰子

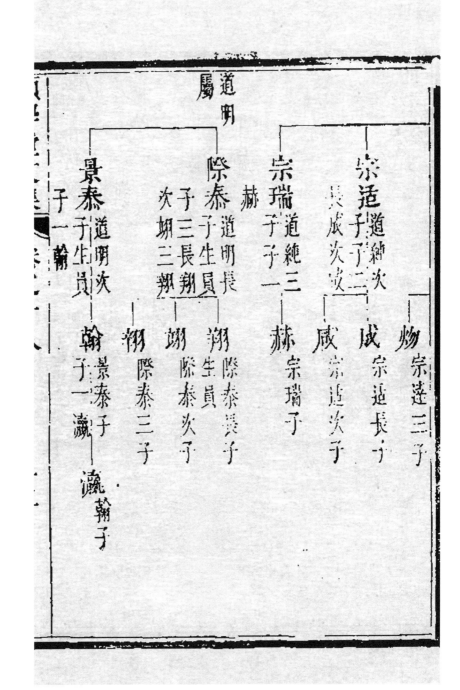

之鼎
屬

佐文 之鼎子 子三長洪次覺三訓

洪 佐文長子

覺 佐文次子

訓 佐文三子

道念
屬

德 道念長子

燿 道念次子

世系終

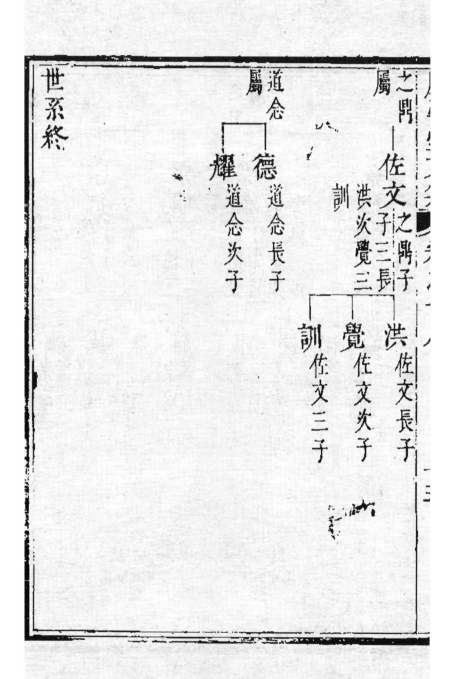

高祖處士公傳

高祖諱邦佐字良卿四世祖爵長子娶魏氏生子三長岐次鄰三郊

傳曰高祖秉性温良操行潔正家世之興實肇基焉素食貧父亡未葬邑有運同高蹇山先生者與祖友善延一堪輿相地謂祖曰盍亦爲若翁擇吉地祖辭以家貧只有荒田一區何以擇爲先生强之同行出東郭相者遥指一處曰氣色葱葱固佳城也既至即余家地要爲稱喜祖因求相者定穴正審視間有鵲

數十結爲群喧噪而下相者曰禽鳥得氣之先鵲落處即正穴五十年後當有科第至中議祖鄉薦之年適相符焉人以爲天佑善人信有然與

曾祖封中議公傳

曾祖諱岐字之基號仁堂高祖邦佐長子生於嘉靖辛丑年十一月二十五日終於萬曆癸丑年四月初八日壽七十三娶張氏生於嘉靖己亥年七月初八日終於天啓丙寅年九月初六日壽八十八生子三長道直次道洽三道昌

傳曰祖至性過人沖懷偕物醇厚無異高王父而恐讓尤有甚焉家素窶撥糟爲生漸有所蓄爲邑巨豪者窺之設計恫喝祖聞之恐五鼓持囊金從垣上投其家曰好收之吾以犬子遺公也黠婢竊衣物匿其兄家而兄反以失妹爲詞祖固謝之乃已屠兒遺金索之輒揮刃欲斷其指祖笑而貰之未幾再有索逋者至竟斷其指中風死鳴之官其人亦以傾家時人不但稱祖之量亦且服其識焉累贈中議大夫璽書中有恂恂善下怨德若忘二語足概生平曾祖母張

賦性嚴正家貧好施于邑東陰盤坡煑湯濟渴躬自操作數十年如一日也累封太恭人

祖中議公傳

祖諱道直字所履號泰宇曾祖岐長子萬曆乙酉舉人初任直隸藁城知縣二任大興知縣三任戶部浙江司主事四任本部福建司員外郎奉差九江五任本部河南司郎中六任四川保寧府知府七任分守川北道按察司副使進階中議大夫生于嘉靖三十九年庚申九月二十五日卯時終於崇禎十五年三

月十一日未時壽八十有三崇祀鄉賢娶程氏贈孺
人早卒繼娶任氏生子三長祚弘次祚永三祚延累
封恭人生于萬曆壬申年八月二十五日寅時終于
順治丙申年五月十一日酉時壽八十有五
傳曰祖性端敏髫年莊重如成人尤至孝冬夜抱父
足卧每竊起就炊光誦讀必以物障之不令見也十
五補弟子員時王秦關先生倡明理學祖從之遊二
十五歲舉于鄉受知于許敬庵先生先生與秦關分
濂洛之席祖兩出其門而志益堅道益進矣友愛兩

弟教讀授室嫁兩妹皆先父母意爲之屢上公車弗
第友人謂曰家貧親老尚堪僕僕道路乎祖不獲已
遂謁選得藁城令邑有滹沱水患建長堤禦之開美
化鎮荒田鑿井以資灌溉地遂以沃去之日邑人思
之趙儕鶴先生紀其事擢尹大興值鑾降大典一切
供應俄頃悉備至勳戚權璫動皆掣肘祖折之以禮
初弗便久亦相安時宛平令得罪有中救者上曰如
大興自是好官朕豈不知尋陞戸部主事時上好靜
攝章奏批答多不以時見祖姓名謂左右曰此大興

知縣陞疏郎與發下人以爲小臣知遇之隆從未有也司榷九江關舊例關民往來皆有稅謂之季料舡祖曰榷商也而概及居民是絕其出入也其可乎因家給一票往來驗明放行無有敢留阻者歲爲民省數千金時鹽艘不至課不及額祖捐囊足之歸之日椎蕘器數篋而已隨陞郎中時河南歸德四川保寧兩郡缺守司農李如華少宰徐紹吉各請以祖守其郡（徐蜀中人 李中州人）竟出守保寧甫下車首建錦屏書院講學課士文風爲之丕變事詳張大行訥記中鼓鑄積

息三千金局固一槓雖家人亦不知也一日因練餉加派保屬應輸者恰如其數祖曰重征累民其何以堪盡出前金抵之照會屬邑而已郡城外偶有荳艘數百隻祖以庫銀糴之閱歲大歉照原值出糶活者無筭時上司奢寅作亂攻陷龍安殺官掠地全川震動祖奉檄調石砫女將秦良玉解成都之圍撫軍朱公疏薦于朝有云二十萬薄城之寇痛哭宵奔三百年天府之雄金湯如故尋陞四川按察司副使分守川北道未幾以疾歸晉階中議大夫兩奉加級起

用之旨以曾祖母垂白在堂承歡菽水無心仕路矣時流寇猖獗忽薄城下乃具廪食以犒軍建砲臺以禦敵歲荒賑饑除家人所食盡出之弗恤也慮邑中科第寥寥于學宫建魁星樓迄今諸孫屢叨賢書人以爲興文造士之報云壽八十三端坐而逝生平醇厚謙謹于物無所好口不言人過學以不自欺爲本以不討便宜爲用從祀鄉賢祠傳載陝西通誌及兩朝從信録可考祖母任資陽令尹隹孫泌陽司訓攀桂女生之夕令尹公夢庭前芭蕉爲温艳齋先生持

去因謂之曰此子有佳兆當擇佳壻長歸先祖事曾祖母克盡婦道又推愛兩叔姑各得歡心屢隨先祖任毋以忠君愛民輕刑絜守爲言於簪珥衣服必儉曰此亦民膏也累封恭人年八十五猶隨先大夫任于宿遷手不扶鳩齒不擇饍每夜漏下始寢雞三唱即起正襟坐稱述先德以訓戒諸孫終日不倦一日微恙呼燦至榻前曰余病殆弗興矣當卒于何時燦以五行家言推之泣對曰來日酉時覺弗利祖母頷之及期手自盥櫛呼家大人及內外諸孫至榻前一

一作別無言訖而逝邑少參陸九萬先生作誌稱爲
始終聖女云
贊曰四世祖以上邈哉不可稽矣高祖以下聞之
先大夫暨司訓伯父云盖代愈近故記愈詳也中
議祖余猶及見之一日索果祖出八種手自封題
命侍童送余歸人言祖年高益恭謹此亦一端也
余又聞氏家世之興必有賢母以勷內政張太恭
人性畸嚴任恭人性畸寬張則貧而能施任則匱
而能守若兩母者大有造於我周哉

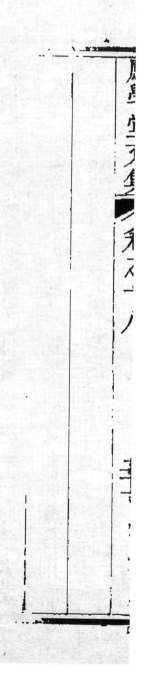

叔祖令尹公傳

叔祖諱道洽號和宇曾祖岐次子貢士初任靈寶訓導陞山西盂縣知縣丁憂補懷柔調順義左遷大名府照磨生于嘉靖丙寅年閏十月二十五日寅時終于順治庚寅年正月二十九日丑時壽八十有五娶申氏贈孺人生子一祚長繼娶李氏封孺人生子二祚培祚清繼娶李氏生子二祚錫祚寧

傳曰叔祖性鋭敏異常人胸懷磊落具有卓越之才弱冠食餼于庠會光宗登極恩入明經選司訓靈寶

當事重其才叠試牧事於盧永間聲望藉甚直指梁公遂首啓事進知孟縣以曾祖母憂歸服闋補懷柔時懷士曠公車者七十年叔祖興學造士科第蔚起懷女好遊論以紡績偶值時變所在崩潰叔祖率民固守復懇禱關帝祠賊見城頭有赤面修髯者遂捨去調繁順義懷人赴闕保留綰雙符者數月初順有大獄賂司李囑叔祖釋之弗聽司李啣之遂以計典奪叔祖官人莫不日以金故出罪人非也以罪人之金故謫好官尤非之非也繇何以他讁死西市天道

不昭昭乎再起慕大名府未幾謝政歸時祖中議公亦予告家居兄弟聚首話古今天倫之樂蓋翕如也傳載邑誌中

贊曰叔祖偉幹修髯望之若神仙中人又聞其少時負性任俠人不敢以非義相干然卒以守正不阿爲人所陷嗚呼直道之不容于時自昔已然矣

伯兄太守公傳

伯兄諱熛字旭公號丹垠先大夫長子壬午舉人初任寧遠縣教諭二任四川梓潼知縣三任廣東雷州府同知四任江南鳳陽府知府生于己未年八月初一日寅時終于辛丑年十一月二十八日丑時娶毛氏繼韓氏王氏子二長圻次域

傳曰兄才猷駿發氣概不可一世而慱聞強記下筆千言立就十三入學爲名諸生二十四舉于鄉時當國步艱難兄馳驅于戎馬之場者數載迨

皇清定鼎遂就寧遠諭草創之初寧民輸米泰州雖
青衿不免而學官傾圮聖像設于茂草兄首請諸當
事改貯縣倉士民俱得安堵乃捐資募衆興新黌序
延諸生而訓課之文風蔚然興起時徊賊倡亂所在
披靡僞牌發至寧遠兄力令碎之出榜諭衆堅守城
池賊馳入境內而不敢薄城者盖先聲足以動之也
以是各上臺重其才品寧關倒廢委之修理寧驛逃
亡委之招撫又代通渭邑篆聲望籍甚交章薦之陞
四川梓潼令梓乃保寧屬邑先祖巾議公守郡時兄

誕于府署之鳳凰樓今分符其地聞命欣然就道經
過漢肇等處張示招民復業給以資斧雖未抵任而
聞風者咸有樂土之思梓邑城池化爲茂林兄初止
于七曲山之文昌祠祭告帝君爲民請命遂賣馬解
裘給散百姓牛種復于秦之漢南長寨黃沙等處蜀
之劍綿龍安等處招撫逃民而歸來者日衆盖草房
數十百間無屋者自來居住老弱者給以布米孤幼
者爲之婚娶修青龍白馬二堰流離之民春耕夏耨
稍有次第乃誅土暴緝盜賊設塘兵修旅店時孔廟

及城隍廟不血食者十有餘年皆爲修理宰牲告神諸事班班漸舉遂斬木刈草創建官舍顏其堂曰慈惠自書一聯云慈則有之愛吾民如吾子惡看鵠面鳩形空付傷心于已往惠原未也治一邑即一家務息鴻嗷鷹眼勉圖實效于將來立大雅崇文二社教育童子雲蒸社訓課諸生四方負笈而來者彬彬多士充壬辰甲午兩闈分校咸稱得人兩臺皆首列薦章遂擢廣東雷州府同知梓民立碑環泣不忍相别兄匹馬蕭蕭冒雨以行口占一絕云千山鳥道劍城

隈隴樹陰陰霧半開作令三年何所有携來風雨復携囬時乙未年正月日也由蜀之粤萬有餘里兄毫無難色單騎赴任雷州爲粤之極東孤城瀕海兵火以來城垣頹廢往來者踰牆而行而屬邑徐聞又爲瓊南要路水賊時肆刼掠兄首修郡城安置墩戍復設快舡數十隻統兵勦捕而海氛甫靖至巨寇王之翰盤踞西海十餘年所深港密箐兵不能入兄白之上臺以招撫自任賊聞之且疑且懼至日擐甲冑以待兄輕裘緩帶隨僕役數人直赴賊穴親見王之翰

宣布　朝廷德意譬喻利害諸賊皆投戈于地羅拜泣下俯首就撫招出官員士民五千有奇歲輸賦二千餘金總制王公特疏題薦不待報滿以邊俸陞鳳陽守鳳陽夙稱殘疲士滿人亡兼以猾胥蠹徒舞文玩法見蹙然曰是猶尫羸之人元氣不充而邪火乘作非半清半補不可活也濠梁爲十八屬總驛額設弗銀萬餘兩舊時陋規歲令各州縣買馬以供差役而站銀半入官吏之槖見盡行裁革再沙汰衙役緝拿邪教革坐差禁土豪害民者而民生稍寧乃輕刑

薄欽務爲休息己亥之夏海寇猖獗沿江而上直抵金陵漸逼鳳陽鳳舊無寸甎尺堞可守人民逃竄勢不可支時直指使者亦按臨鳳郡兄請命曰鳳陽爲江淮肘腋晉豫咽喉萬一失守中原不可爲矣乃籌畫方畧豎旗募義兵旬日得數千人爲之造衣甲製器械立營制分將佐擇日祭天誓衆親爲訓練竟巍然成雄鎮矣逆賊竊據來全等處兄躬率銳卒潛師追襲捉獲賊首數人殺散賊党恢復滁陽一帶迨金陵告捷諸當事叙江北功以兄爲第一語曰大兵之

後必有凶年明歲庚子宿靈虹五等縣苦潦民病饑
遊亡兄首捐銀米仍倡衆輸穀煑粥賑濟全活者以
億萬計是其功業在
朝廷德澤在民生大江南北人人能言之者也兄才
足以應變識足以先時量足以容物凡事務持大體
不拘拘小節而樂育人群隨材奬用故被其化者可
以使鄙夫寬懦夫有立志居恒圖書在左右矢在右
雖履險涉危而吟咏不輟尤愛書兼通真草隸篆諸
體所著有蜀粤紀事守鳳録丹垠詩集行世其遺文

余將編次之爲丹垠文集

贊曰余十歲時兄即教以聲律之學嗣後蜀天粵海篇什往來抒懷寄興故棣蕚之情藹如也守夙日以海案獲罪倉猝藁瘞幽堂之筆至今缺如余恐其泯泯已也謹撮其大概以爲之傳至論定是非自有異日之執史筆者在

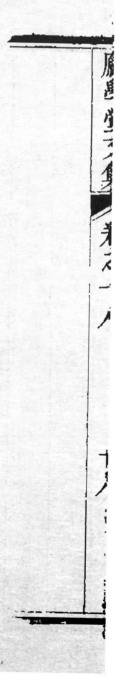